포토포엠

계절의 틈

글 김헌수 / 사진 강요한

작가의 말

함께 보낸 계절을 헤아려 보았습니다.
나의 감정과 감각을 깨우는 사람을
오래 곁에 두었습니다.
때론 또렷하게, 때론 흐릿하게,
풍경 앞에 은근슬쩍 접어 둔 문장을
계절의 틈에 끼워 보았습니다.

2023년 12월
김헌수

WINTER

다음 배경을 여는 아침

하얀 바람을
언어의 다정함 곁에 풀어 놓았지
"시는 삶을 견딜 만하게 해 준다"는 매슈 아널드의
말을 곱씹으며
팍팍한 시절을 견뎌내어 보았지

서리 내린 숲에서 갈색 스카프를 두르고
12월 아침을 맞아요
눈발,
입김,
오그라든 손,
전봇대에 걸린 비닐
나는 겨울바람처럼 살랑대는 작은 배 한 척이 되어
빈둥거려요

눈발이 날리네
후박나무 가지 위를 덮는 눈이나 실컷 보자
후박나무 그늘의 두께를 재어 보고
어렴풋한 작년 겨울의 기억을 건져내어 보자
사라진다는 것은 아름다운 일

새들은 동트는 시간에 지저귄다
아침에 내린 눈처럼
순하게 고백하며 가지 위를 오르내린다

대설 지나고 몇 겹의 감정을
강물 아래 보냈다
하나둘 떨구어 내는 가을의 시름을 들으며
강물 소리는 두꺼워졌다

19

겨울이 문틈으로 슬그머니 들어온다
반복해서 내리는 눈의 호흡을
여덟 살 어린애가 되어 듣는다
눈 속에 빛나는 얼굴 하나 들여다본다
서툰 이름 한 개와 당신을 위한 몇 소절 가사를 쓰면서
당신을 돋을새김해 보는 1월
그해 외포리

나와 그는 저녁 7시에 담겨 있었네
뜨거운 입김처럼 사라지는
그런 꿈을 꾸었네
그믐달은 북반구의 밤하늘에 떠 있고
페가수스자리의 느닷없는 귀환을 보았네
꿈길로 섞여 들었네
미처 닫지 못한 밤

모란디의 정물을 읽는 밤

낮은 채도로
두 개의 병과 한 개의 항아리를 그리는 당신을 생각해요

좁은 작업실에서 먹고 자고
무생물에 꽂혀 들리는 울음
회색빛으로 단정하게 걷는 걸음은
삼각 구도의 정물을 가둬 놓고 볼로냐를 기억해요

독특한 질서로 따라오는 어떤 그림
모노톤의 기물이 복잡하게 빛을 뿜어 대는 상상

같은 제목의 그림과 차분하기만 한 당신의 광기를 시도해
보기로 해요
무채색이 주는 불투명한 흔적을 새기면서

현란한 매무새를 유리병에 가득 담은,
별반 다를 것 없는 건조한 삶
여럿이 주저앉은 정물화 속에서 당신을 처음 알았던 날을
꺼내 보아요

환기구를 열어 놓은 골방의 회반죽 벽면에
먼저 들어오는 오래된 당신의 붓질,
자꾸만 당신의 손끝을 매만져 보고 싶은 생각이 거기쯤
있더군요

함박눈 내리는 소리를 들어 보자
저녁 어스름을 담은 빈 하늘에
날마다 새롭게 들키는 마음,
읽기 쉬운 마음을 걸어 보자
페달 따라 전해지던 늙은 아버지의 사랑
물결은 그럴듯하게 움트고
그리움은 상류를 따라 철커덩 흘러간다

파스칼 키냐르의 『옛날에 대하여』를
읽으며 밑줄을 그은 목록
가레 호수,
그림자의 목록,
아하가르의 동쪽에서,
흰색에 관한 개론,
모르파의 늙은 손,
스웨터의 해진 팔꿈치들,
늙은 달,
둥글게 말리는 파도,
두 가지 소리,
어떤 목록은 궁금한 문장으로 서 있다

알루는 두꺼운 얼음 표면에 뚫어 놓는 구멍
바다표범들은 낮밤으로 그 구멍을 통해 숨을 쉰다
숨구멍이 되는 일,
깊은숨을 쉬는 일,
타인의 시선을 바라보는 일
내 안에 들어 있는 알루는 어디쯤 있을까

동박새가 부르는 풍경

높은음으로 올라선 날갯짓이
피다 만 자리에 떨어지네

문을 열던 발걸음이 동백 품으로 들어온 2월

경첩 채인 마음을 단단하게 매어 놓고
쌓이는 굵은 바람을 올려놓고 경쾌하게 날아가네

가슴 언저리에 달아 놓은 몸
두 팔 벌려 감싸 주던 동백 옆으로 자욱하게 밀려드네

온몸을 열고 있는 겨울
질끈 눈을 감는
동박새 흐름 속으로
이른 봄은
주위를 돌고 있네

겹동백 하나 멍울로 날아드네

첫눈은 반가움이다
첫비는 기별이다
계절 앞으로 퍼붓는 밀도가 높은 위로

아무도 없는 들판에 녹슨 양철 대문 부딪히는 소리가
들려요
겨울을 익힌 담쟁이는 마른 몸으로 느리게 자라요

떡갈나무 잎맥이 뒹군다
찬비가 내리는 도로에 일찍 들어가는 노점상,
시래기 다발이 걸린 처마 밑에
쭈그려 앉은 엄마의 등 뒤로 겨울은 온다

투명한 언어로 가만히 몰입하는 하루
서로 닿지 않는 거리를 갉아먹으며 산다

눈발에 닿는 일은 혀끝에 스미다 사라지는 미각
손톱에 이는 거스러미를 떼어 내며
빈집으로 돌아가는 사람을 바라본다

밤의 저편으로 돌아오는 그와
포개 놓은 마음은 푸른빛으로 돋아났지
"인생은 백치가 떠드는 이야기와 같아"라는 맥베스의 독백이
끝도 없이 이어졌지

당신이라는 옷을 걸치지 않아서
늘 추운 나는,
온몸으로 겨울을 배회하고 있어요

하늘을 이야기하며 적막과 흐림을 말했어요
동고비가 푸드덕거리는 허공의 안과 밖,
앞과 뒤의 경계에 선이 그어졌고
햇볕의 안부가 수척해지는 2월

콧잔등에 떨어져 사라지는 눈송이가 포근포근하네
그의 말은 지나가는 바람 소리였지
설레지 않은 우리의 시절이
첫눈처럼 산그늘에 엎드려 잠을 청하네

겨울 아침

마음의 잔금에 진눈깨비가 내린다
보온병에 든 차를 따라 마시며 몸의 나른한 이완을 느껴 봐
나를 물들이는 문장은
풋살구가 살짝 튀어 오르는 봄처럼
제법 힘이 붙었는데
허정거리는 걸음과 들뜬 마음을 펼쳐 보았어
고요가 봉합된 아침 창문이 들썩이듯
쌓인 눈이 대나무 잎을 떠나면
쏟아지듯 근사한 일이 생길 것만 같아
소소하게 거스르고 저마다의 방식으로
정신을 찍어 내는 숲에서
책 덮고 창을 열어 보았지
서둘러 다음 배경을 여는 아침인데
싱싱한 빛들은 어디로 숨어 버렸을까

SPRING

어쩌면 우리는

몸피가 굵어진 목백일홍은 붉음이 절정이다

벚나무 밑동을 긁어 주는 개미들,
보채는 맘을 달래며 건너가는 봄,
나뭇가지에 봄볕은 몰래 다녀가네

봄이 잘하는 일 중 하나는
낮의 말을 섬기며 하루를 달랠 줄 안다는 것
밤길에 조잘거리는 벚나무의 소리를 들어 준다는 것
반쯤 입을 벌려 콧노래를 부르게 한다는 것이다

자꾸만 스며드는 웃음
숨지 않고 토해 내는 눈물
슬픔의 부피를 줄이며 평행선으로 나아가는 우리

언제나를 받아들이는

언제나를 받아들이는 당신에게서
공허를 발견합니다

한낮의 권태나 쓸모없을 휴일의 하품이거나
당신과 내가 받아들이는 공간에서
능숙하게 뻗는 손길
몸 밖으로 흐르는 당신의 기척과 두 손을 잡아 봅니다

부둥켜안아도 자꾸만 빠져 버리는
우리의 호흡이 모래알처럼 내립니다
당신을 흉내 내며 촉수를 뻗는 마삭줄 줄기 앞에서
언제나를 받아들이는 당신을 기억합니다

초록은 당신을 만나 편견 없이 뻗어 가겠지요
언제나를 입는 당신을 껴안으며
늘 같은 자리를 맴돕니다

자판 위를 떠도는
나방 하나를 손으로 잡아 봅니다
부서진 날개 사이로 번지는 분이
자꾸만 눈앞을 간질입니다

언제나를 받아들이는 우리들의 방식이
젖먹이처럼 옹알거리는데
바깥으로 돌아앉은 당신은
도타운 달빛만 접어 둡니다

에이미 벤더의 『레몬 케이크의 특별한 슬픔』을 읽는다
피곤한 우유
외로운 샌드위치
화가 난 쿠키
음식의 감정을 읽어 내는 소녀처럼
봄꽃에 이입된 나의 감정을 소리 내어 읽어 보았다

슬그머니 찾아온 적이 있었지
능소화처럼 총총 사라지는 그와
비켜서서 본 바다
열어 보면 다시 닫히곤 했던
품고 있던 소리를 걸어 놓았었지

오늘의 날씨

돋아나는 새잎에 라르고를 새겨 보자
사월의 연두는 흰나비 떼가 오르는
유채밭으로 사라지고
아직 분홍으로 얼굴을 내미는 진달래의
맑음은 어디로 갔을까
깊고 넓은 남해,
여름 감기,
실비아 플라스의 드로잉집을 보면서
자꾸만 쏟아지는
리듬 속으로 들어가 보자
느닷없는 물결의 곡조를
넓적한 돌 위에 누워 듣는 오후,
오늘의 날씨를 들으려고
강물은 귀를 활짝 열고 있을까
언제나 맑음을 상상하는
내 귀는 모데라토로 리듬을 타는데

더 크고 더 부풀어서 돌아오는 계절 전집
숲에서 읽는 4계절
봄 숲의 싱그러움
가을 숲의 충만함
겨울 숲의 고요함
지나친 여름을 넘기지 못하는 페이지
4계절 전집을 읽는다

작업실의 봄

어긋난 삶을 여러 해 같이 살던 무뚝뚝한 당신이
엉켜 있어요
깜박이는 형광등,
식탁 아래 밥 알갱이,
잠복 중인 개 한 마리,
오늘은 누구와 커피를 마셨는지,
저물 무렵 당신의 전화가 몇 통 왔는지 궁금하지
않아요
당신 가슴에 손톱자국을 남기고
따뜻한 봄날을 전해 주고 싶어요
내 삶을 창백하게 누르고 싶지 않은 맘을 새겨요
여섯 송이 꽃마리가 피어났어요
얽히다 스러지는 생활 앞에 무성하게 피는 당신이
보였어요

꽃의 향은 낯설어 자주 사방을 기웃거린다

살아가는 건 물수제비를 뜨는 일,
찰랑이는 물의 발돋움을 바라보는 일,
그의 음성은 빗줄기를 칭칭 감았다

어쩌면 우리는 볕이 좋아서
화살나무 살랑이는 바람에도 빨강을 앞세우지 않았지

어쩌면 우리는 결핍 안에 머무는 그늘이 좋아서
직선으로 뻗는 햇살에 다가가지 않았지

속눈썹에 닿는 숨결이 떨리는 것을 보았지
어떤 시간은 들숨으로 그렇게
너무 괜찮은 우리는

잡으려면 달아나
흔한 비누향은 거품과 사라지고
봄에 내가 한 일은
자꾸만 미끄러져 어긋나는 너와 나를
잡지 못하고 놓치는 일이었지

자꾸 가라앉는 오래된 기억이 내 등을 밀고 가요
미리 거둬들인 마음은 아름다워요
내 안에서 끝없이 밀고 가는 힘
아픈 이를 다독이는 손길 같은 것
은근한 것이 때론 오래 더 사무치는 법이지요

축축한 얼룩을 덮어 버려
제라늄 장식으로
저 멀리 고요함이 그러하듯이
붉은 얼굴을 자꾸만 보여 주는 5월

어떤 웃음에는 물기가 보인다
기쁨의 입말이 부풀어 사방으로 터져 버리는 보풀,
속절없이 초록이 돋았다

뭉클하고 애틋해서 눈물 찔끔거리는 너를
슬픔이 말라 간다는 너를 문 바깥에 두고 왔다
교미하는 잠자리의 하루를 모른 척하는 오후
사람 사는 일이 늘 허기지는 일 아니겠는가

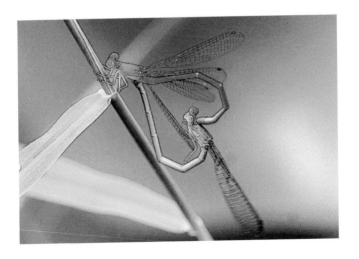

브런치를 먹으며 커피향을 좇아간다
식탁 위에는 피아졸라의 리베르 탱고가 퍼지고
복잡한 리듬이 부산한 아침의 볼륨을 높인다
인생은 덧없으니 너무 모질지 말라고 이르는 것 같았다
담장 아래 환하게 피는 늦봄

창문에 들어온 햇볕을 모아
누추한 딱새의 울음소리를 곁에 보낸다
서러운 울음이 짧아지기를 바라며
아득한 우리의 순간을 듣는 꽃들에게
봄바람의 운율을 들려주고 싶다

비가 내리고 청개구리 무릎이 젖는 날이면
나는 골방에 누워 시를 읽을 것이다

건들거리는 봄을 잡아라
기척 없는 새들의 저녁을 엿보아라
눈매가 고운 어린 염소 옆에 물끄러미
봄볕을 풀어놓아라

SUMMER

빗소리 몇 줄 들리는 새벽

부추전을 부치는 소리로 여름비가 온다
막걸리 한 잔 놓고
나무를 토닥이며 간질이는 빗방울 소리나 듣자

바다가 버린 말을 모래사장은 넓게 적어 둔다
파도가 품다가 쏟아 내는 애달픈 말의 뒷면을
읽고 또 읽는다

10프랑 동전만큼 커진 두 눈
콘트랄토로 나를 부르는 그녀,
낮게 깔린 소리가 웅덩이에 찰박인다
어린 카나리아 같은 모차르트의 음악,
발랄한 황홀경이 좋다

짙음에 전염되다

짙음에는 오래 묵어도 좋은 향기가 납니다
빨간색 틴트를 덧바른 여자의 입술처럼 반짝입니다
짙음은 우거진 마음을 담아 녹여 내고 있습니다
몇 가지를 에워싸는 그늘에도 많은 짙음이 있습니다
가끔 생각해 본 짙음은 돋보기 같습니다
흐릿하게 보이는 풍경에
세밀하고 농염한 면을 바라보게 합니다
소모되지 않은 배터리를 품고 있는 전열기구처럼
주파수를 오래도록 보내곤 합니다
무명으로 돌아가고픈,
흰 것에의 희망을 붙잡아 두곤 합니다
견딜 수 없는 불안을 잠재우는 토닥임이 짙음에 있습니다
허투루 지나가는 당신의 모서리에 짙음을 드립니다
방전되지 않은 삶의 순정함 앞에 짙음을 내려보냅니다

8월은 600그램 소나기의 효모와
부드러운 기름종이 위에 붙어 있네
접미사가 붙은 동사처럼
팽창하는 무더위 속으로
여름은 자꾸만 달아나네

초현실주의로 그려낸 소묘가 번개 치는 하늘에 가득하다
헝클어진 깃털을 쓰다듬으며 다시 몽상 속으로 걸어가는

꽃, 수국의 보랏빛 심장은 복잡한 사랑을 감춰 두었다

빗소리 몇 줄 들리는 새벽

당신은 장대비 속으로 뛰어가세요
달음박질치는 마음을 쥐고
무거운 발걸음을 잡아 두세요
남아 있는 것은 살갑고
오글오글한 햇빛은
정겹고 서글퍼요

힘겹게 얻어지는 서너 걸음
절반 정도밖에 안 되는 분량
무성한 소문과 거짓이 내뿜는 냄새를 탓하지 않아요

그토록 의젓한
빗소리 몇 줄 들리는 새벽에는

땅에 내리꽂는 하늘의 기별과
습기 어린 소식을 풀어내어요

매일 같은 얼굴의 정직한 당신,
마르지 않는 솔직함이 서럽게 달라붙어 있네요

바람을 맞으며 걷는 길이 좋다
산그늘 옆구리가 가까이 있다
잠잠한 마음을 펼쳐 놓고
양버즘나무를 오래 바라보며 놀았다

호우주의보는 한 다발로 꽂혔다
모서리마다 갇혀 있는 번번한 서사는
덧칠한 유화 곁에서 물기를 채운다

바다가 낳은 글자들이 소금꽃을 피웠다
햇빛 받아먹고 키운 안부
나를 잊은 당신과 돌아서서 나를 만나는 바다
전하지 못한 그리움은 하얗게 쌓여만 간다

숨어 있는 그리움을 읽는다

갑자기 쏟아지는 소나기를 그냥 맞으며 걷는다

그해 8월, 말갛게 흐르는 강

그해 8월, 다시 소환되는 기억

건조한 생은 삶의 역광을 펼치며 스며들었다
내 몸을 세공하는 일을 몇 사람과 같이 보았다

소스라치며 놀라는 내 몸의 습지
여름의 두께는 백사장 아래 도톰해졌다

서로가 서로에게 엉키는 통점
달구어진 바다에서
파도의 끝을 따라가 보았지
부서지지 않고는 다가올 수 없다는 듯
자꾸만 들썩이는 파도를 달래 보았지
바다에는 흥건한 형용사가 붙어 있었지

구름의 옷깃을 보면서 나는
비의 줄기가 가늘게 휘어가는 것을 보았다

물소리만 뒤늦게 남겨진 아침을 바라보며
웅크리는 마음을 담아 보았지
한 번 마주친 얼굴,
자꾸 밟히는 그림자를 짊어지고 서 있었지
바람의 남쪽을 씻어 내며
끊어질 듯 이어지는 사랑으로 살았지
헤어졌다 다시 만난 연인 같은 여름이 마중을 나왔지

바다를 열어 반갑게 만져보네
바다를 떠도는 쇠부리도요

목요일이면 오는 사람,
몇 해를 만난 것처럼 마음의 문을 두드린다
틈이 없는 사랑의 극점을 걸어 놓고 간다

저녁 바다에서 우리는

당신의 낮과
당신의 가는 손목을 잡고서
탄력 있는 생각을 했어요

하루는 잡목림 같은 것
모래알 같은 우리를 교란시키는 것들 사이로
슬픔은 느지막이 건너와요
무릎 담요를 덮고 오도카니 앉아 있을 뿐,

막막함을 감싸안고
불쑥 기립하는 해수면을 상상하며
당신과 나는 썰물이 지는 바다를 바라보았어요
우리의 습관과 짐작과는 다른 방식으로
파지를 내는 시간 앞에 서 있었죠
푸른 바다가 흘러가는 기다림의 거리를
여릿한 잎이 되어
기쁨으로 뒤척였죠

선홍빛 아가미가 생긴 우리는
뜨듯한 바다에서
가난이 마주 앉은 저녁을 열람하였어요
파도도 잠재우지 못하는

나를 떠도는 비
떨어지며 사라지는 기억을 잃은 비
상형문자처럼 새겨진
퉁퉁 부은 나를 종일 때리는 비

짙은 녹음을 지나가는 해오라기
초록의 품을 받아 적는 햇빛
몸에 익은 근육을 새기며 날아간다

소란한 여름비를 들으며
에디트 피아프를 듣던 여름
복서 마르셀 세르당을 위해 부른 사랑의 찬가
장밋빛 인생,
빠담 빠담,
자니 넌 천사가 아니야,
나의 회전목마,
사랑이란 그런 거지,
더 사랑했어야,
난 후회하지 않아,
빗소리는 피아프 노래 따라 끈적하네
척척하게 내리네

저녁의 빛깔은 게으른 사람 뒤로 숨는다
줄기에서 빈둥대는 검은 새의 이름을 알 수 없어서
심술궂은 적막을 두드려 본다
낮과 밤을 긋는 노을이 만든 저녁을 좋아했다

우리의 시선은 날이 저물면 사라지네
우리를 끌어당기는 쪽으로
듬성듬성 부는 바람
무르익어 툭 떨어지는 자두처럼
나무의 문장은 얼룩을 남기네

여름이 묵었던 방에 들어갔어
마음을 반쯤 접고 여름을 뒤적여 보았지
골방 구석을 지나간 여름의 생애가 물소리를 내며
흘러가는 걸 보았어

AUTUMN

당신과 나의 블루스

갈참나무 발목에 앉은 9월은
지나가는 행인의 구두 소리를 듣기 좋은 날이다
만나지 못한 사람을 꺼내 보며
시절을 차분히 정리해 보기 좋은 날이다

끝물 복숭아를 먹는 저녁

스카겐 해변의 저녁이 출렁여요
지루하지 않은 북해와 시월의 발트해는
염도가 다른 우리처럼
무채색으로 부딪혀요

모래사장에 새겨진 파도의 바큇자국
기울어진 썰물의 경쾌한 리듬
무수한 선이 그어진 스카겐에서
안부를 묻는 눈금과
부스럭거리는 형편을 세어 보아요

같은 방향으로 걸어가는 두 사람
수평선을 닮은 당신은
코발트블루로 파도를 앉혀 놓았죠
바다에 와서 잘 이해가 되지 않는 일은
당신과 나의 시차가 아득하다는 것,
당신의 단위로 나를 재는 표정이
청어 떼처럼 쏟아지네요

물컹한 복숭아를 나눠 먹으며
나의 형편을 짐작하는 당신,
매끄러운 복숭아에서 흐르는 과즙

당신께 넣어 주고 싶은 말은
진물을 흘리며 가득해져요
마음을 포개는 손길을 주지 못해 미안하다는,
그 말을 웅성거리는 바다에 담아 주었어요

나를 먼저 읽어 주는 당신과 닿는 시간은
친절한 말로 공손해지기도 해요
어떤 말에는 스카겐에 두고 온 푸른 곁눈질이 일렁여요
바다의 눈썹 밑에 두고 온 명랑함이
자주 깜박거려요

저녁은 식어 가고 산비둘기 이마는 젖는다
거품처럼 사그라지는 바람 앞에
고단한 하루를 끌어모은다
밤은 나를 무릎 꿇게 하는 시간이다

밤을 포개 넣어야 하는 11월
그믐을 넘어선 달의 울음을 삼켜 버렸다

먼 산에서 시월을 맞이하는 일처럼
우리들의 주춤거리는 걸음은 꾹꾹 누름판을
새기며 삐걱거린다

골목의 깊이를 재기 위해
골목 끝까지 걸어 보았다
파란 지붕이 있는 끝 집에선
라면 끓이는 냄새가 올라왔다
싱거운 사랑이라 쓰고
묵은 골목을 돌아 나온다

당신과 나의 블루스

보고 싶다는 것은 한 자락 그믐을 꺼내어 밤하늘에 말려
놓고 있다는 말
속도를 훔치고 마음을 파먹은 당신,
찬란한 엑스터시,
당신을 품으며 우리는 오래 속도를 탕진하며 살아요
삐끗한 척 들키는 속내

빼꼼히 눈을 뜬 하루
바람의 지문 속으로 우거지던 투정
전두엽에 꽂힌 문장을 새겨 보아요

금싸라기처럼 반짝이는 햇빛을 썰고 다지는 동안
쇠별꽃이 핀 한낮의 감각적인 생활을 전해 줘요

벌목한 하루의 가슴에 더는 자라지 않는,
어금니를 질끈 깨물며 나를 거둬 먹인
잔멸치 떼 그림자가 은빛으로 새겨진
목소리가 둥글었던 당신

서늘한 나를 엎어 놓고
그믐으로 가는 길
당신과 내가 바라보는 저녁의 밑단에 새물내가 나요

새소리 하나 들리지 않는 천변에서 두 갈래로 뿌리는 비,
마음을 종잡을 수 없이 고루 내리네요

뭉그적기리는 마음에 밤비가 내리면

간지러운 빗방울이 잎맥을 때리며 울겠네

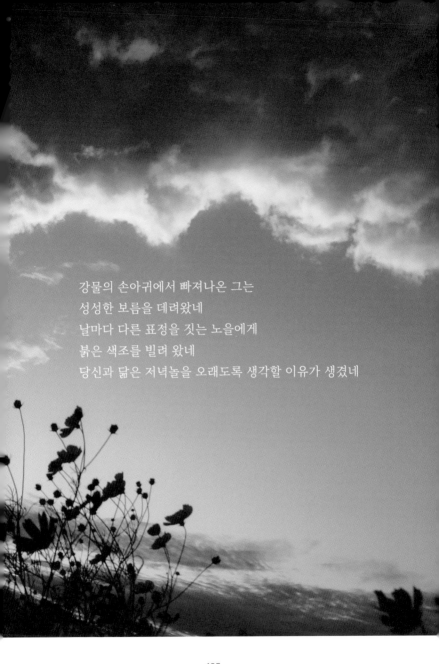

강물의 손아귀에서 빠져나온 그는
성성한 보름을 데려왔네
날마다 다른 표정을 짓는 노을에게
붉은 색조를 빌려 왔네
당신과 닮은 저녁놀을 오래도록 생각할 이유가 생겼네

빈집의 기억은 시간의 눈금들 속으로 사라져 버렸다

가을을 지나는 어느 문장은
해안선을 벗어나지 못했다

시들어 가는 우리를 걱정하지 말아요

바닥에 엎드린 사물들,
계절에 휩쓸리며 제 빛깔을 밀어 올리는 것들,
작은 것의 안간힘을 듣는다
목청을 드높여 우는 새 소리는 잦아들고
덩달아 그윽해지는 마음

크루아상을 굽는 아침

낙엽의 손끝을 재단해 보며
아침의 마른 숨을 따라간다

잰걸음으로 시작하는 하루를 바라볼 겨를도 없이
크루아상이 구워지는 아침

발효실에서 부풀렸다 오롯이 사그라지는 순간들
식탁 위를 마름질하고
먼 산을 돌아가는 새
구름과 아스팔트, 오븐에 압축된 파일
겹겹이 층을 이룬 나와
빵을 나누던 당신에게 닿지 않던 방랑

아침을 품은 당신과 나는 크루아상을 나누며
풀어지는 습관들을 재조립한다

크루아상을 먹는 방식이 다를 뿐
살아가는 호흡이 찰랑거릴 뿐

여러 생을 돌아 흐르는 아침의 달콤함을
날마다 뜯어 먹는다

무한한 가지로 내뻗는 흔적
유한한 속도로 내뻗는 빛

정물처럼 놓여 있는 벽의 생각은
번성함의 뒤에 남은 쓸쓸한 기원
놓여 있는 자리마다 드러나는 아우성
내 몸을 통과하는 생채기가 아물어 가는
복도에서

오랫동안 서 있던 나무는 모두를 기다려 주지 않았다
한숨을 훔쳐서 얻은 생
객차의 문이 열린 가을 들판

카사블랑카 항구를 노래로 기억해
그녀의 삶은 더 강렬한 진홍빛 삶
우중충한 감정이 오래도록 움텄고
눈빛은 항구 아래로 향해 있었지

불현듯 다시 솟구치곤 해

당신께 스며들었던 밤의 무늬는 달을 향해 노래해

수원지

엄마를 병원에 모셔 놓고
빈 저녁을 돌아 수원지에 왔지

출렁이는 잔물결과
무성한 잎이 떨어지며 흘러나오던
숲에서 들리던
아버지의 낮은 가락

비포장도로를 돌아
처음으로 아버지와 나는
아주 떠나갈지도 모르는 엄마를 생각하며
굴참나무 아래 마른 잎맥을 골똘히 바라보았지

등 뒤로 올라앉은
서너 번의 한숨을
어둠이 깔린 길에 가지런하게 부려 놓고 왔지
서성이는 죽음을 곁에 두고
천천히 돌아왔지

장마 지나고 단풍 붉게 터지면
가을 햇살과 농담을 걸며 책 속으로 빠져든다
사람의 일이 달빛처럼 환해지는 풍요를
11월이 열리는 소리를 듣는다

변산

늙은 닻은
상큼한 향으로 번지며 바다를 긁어 댄다

선창에 매인 밧줄에 숨어 있는 시간의 주름
소금기 넘치는 시름에
다정한 기운을 넣어 준다

파도에 걸터앉은 갈매기의
단 한 번뿐인 사랑
빗줄기가 들이치는 오후에는
호기심으로 건네는 애착이 커진다

정박 중이던 배에 들어 있는 토닥임
해안선을 따라가는 매일의 산책

계절에 발붙이고 있는 걸음이
잊어버린 항로 따라 잘게 부서진다

극진한 보살핌이 자상처럼 퍼질 때
사탕을 녹여 먹듯 천천히

변산에 던지는 기별은
환한 집어등 아래에서 얼굴을 내민다

언뜻언뜻 보이는 푸른 하늘처럼
카메라를 둘러멘 어깨를 다독이는 가을
얕은 바람은 몸을 부비며 쉼 없이 움직인다
사진 한 장으로 그 사람의 삶을 미루어 짐작할 수 있을까

여전히 강물을 기억하는

갈겨니 무리 속에 능청을 떨던
그물을 걷어 내자
건져 올리지 못한 하늘이 진물을 흘리면
강물은 안부를 전한다

붉은 팔을 늘어뜨린 물줄기를
한 뜸 홀쳐매어 보다가
잔기침하는 강물에게
따뜻한 손 하나 얹어 주면
터져 버린 강물을 꿰매면서 그물 한 장 던져 본다

비릿한 냄새
가시지 않은 어둠이
강물의 허리에 감기나 봐

잠 없는 밤이 무너져 내리면
흐르는 물줄기 따라
더 깊은 곳에 내려진 그물
평안 한 알 삼키며 되새김질로 바쁘다

내가 아는 상사화의 찬란

가을을 연민하는 당신과 만나지 못하는 찰나

가을을 건너는 작은 새의 발소리에
마음이 동당거리는 오후
햇볕은 붉은 볕으로 깃을 세우네

각자의 자리

다짐은 늘 의연하지

플라타너스에 각자의 마음을 매어 두었어
혼자를 돌보는, 서로를 속이지 않겠다는 마음이
들어앉더라고

각자의 자리에 들어앉은 다짐은
오롯하게 각을 세우며 돋아나지만,
걱정이 지워지지 않는 오늘이
싱그럽던 시절을 견디며 속도를 내고 있지

가로막은 하루를 충실히 달려
각자의 자리에 걱정 없는 다짐을 앉혀 보았어
살아남은 호흡 같고
커다란 잎의 바닥 같은

계절의 틈

2023년 12월 28일 초판 1쇄 발행

글   김헌수
사 진   강요한
편 집   김신영 김은영

펴낸곳   다詩다
펴낸이   김은영
등 록   제2022-000020호
주 소   전북 전주시 완산구 서학3길 15-1
이메일   shinekeyy@naver.com
ⓒ 김헌수 2023
ISBN 979-11-980256-1-6 (03810)

• 이 책은 2023년도 JCT 전북문화관광재단 지역문화예술육성지원사업의 지원을 받았습니다.